OCEAN WHISPER
SUSURRO DEL OCÉANO

By / por Dennis Rockhill
Translated by / Traducido por Eida de la Vega

To Nathan William

Rockhill, Dennis.

Ocean Whisper / by Dennis Rockhill ; translated by Eida de la Vega = Susurro del océano / por Dennis Rockhill ; traducción por Eida de la Vega — 1st ed.

p. cm.

Audience: All ages
Text in English and Spanish.
SUMMARY: A boy's fish bowl and a whale poster transform into an undersea dream in which he becomes a whale, playing in the ocean and encountering various plants and animals.

ISBN: 0-9741992-4-9 (hardcover, library bound)
1. Ocean—Fiction. 2. Whales—Fiction. 3. Dreams—Fiction. 4. Spanish language materials—Bilingual.   I. Title: Susurro del océano. II. Vega, Eida de la. III. Title.

PZ73.R6253 2005   2004029880
[E]—dc22

Printed in the U.S.A.
10 9 8 7 6 5 4 3 2 1
First Edition

Raven Tree Press LLC

www.raventreepress.com

Ocean Whisper

I hear the ocean; rumbling waves and fizzling foam.

Fish swim slowly back and forth. Back and forth. My eyelids get heavy.

I lay back, take a breath and sink beneath my blankets.

The dark blue world is thick and quiet. Its watery warmth surrounds me.

A sweet, echoing melody sounds closer with each note.

My sheets become a powerful fin that pushes me through the water.

Huge shapes approach me. They want me to follow.

Together we play. Leaping, turning and splashing.

We spout huge plumes of whistling mist and clap our tail fins on the surface.

We dive down, down, down to where the sea hides its beauty.

Plants and creatures show off as we explore their colorful world.

Then we rest in the gentle current. It carries a soothing ocean whisper.

Susurro del océano

Escucho el océano, olas que retumban y siseante espuma.

Los peces nadan lentos. Van y vienen. Van y vienen. Las párpados me pesan.

Me tiendo, tomo aire y me sumerjo bajo las mantas.

El mundo azul y oscuro es espeso y tranquilo. Su calidez líquida me rodea.

El eco de una dulce melodía suena cada vez más cerca.

Mis sábanas se convierten en una poderosa aleta que me impulsa por el agua.

Formas enormes se aproximan. Quieren que las siga.

Jugamos juntos. Saltando, girando y salpicando.

Hacemos brotar una columna de millones de gotitas y batimos las aletas en la superficie.

Nos sumergimos profunda, profundamente, hasta donde el mar esconde su belleza.

Plantas y criaturas salen a la luz mientras exploramos su mundo de colores.

Entonces, descansamos en la suave corriente que lleva el tranquilizante susurro del océano.

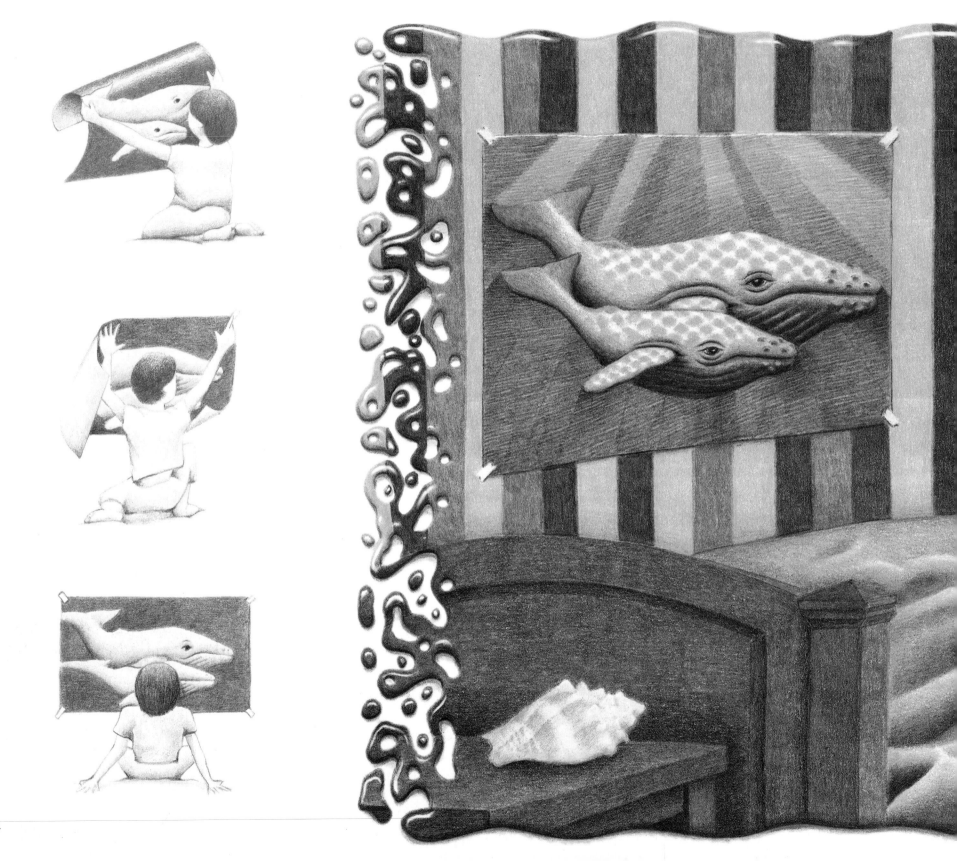

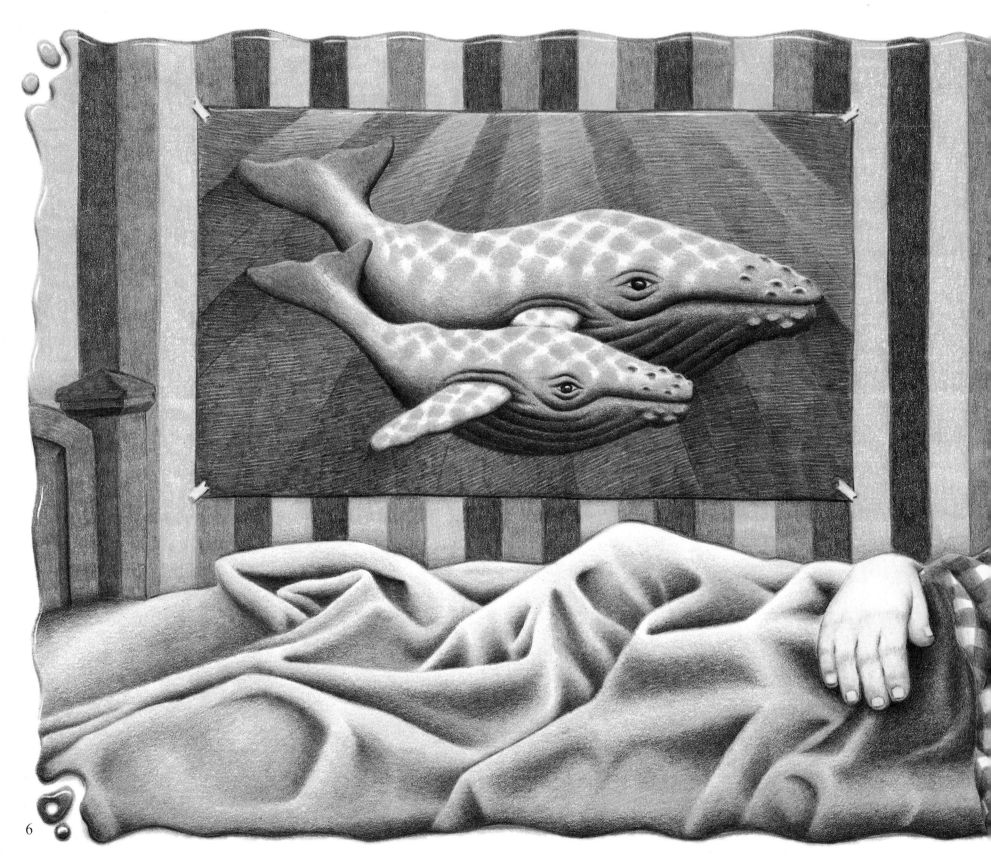

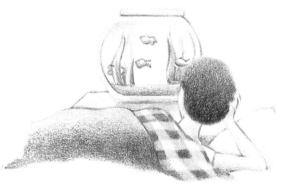

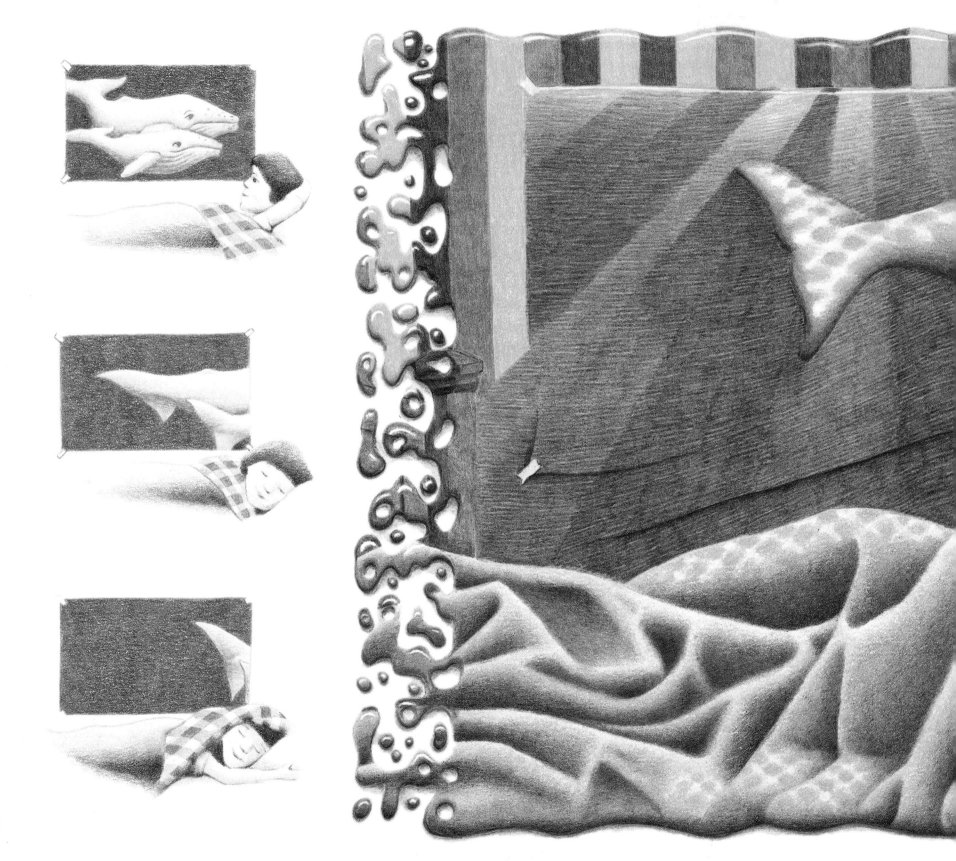

15

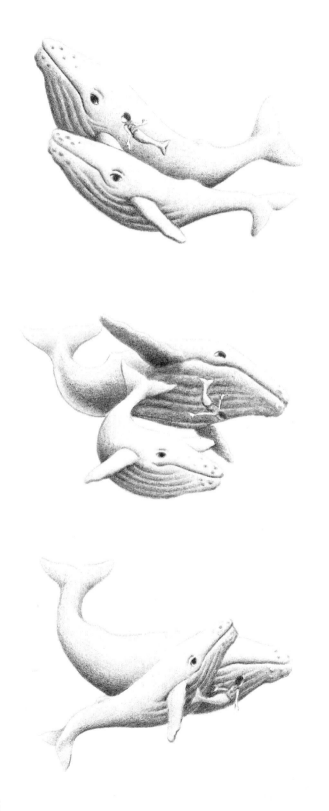

18

19

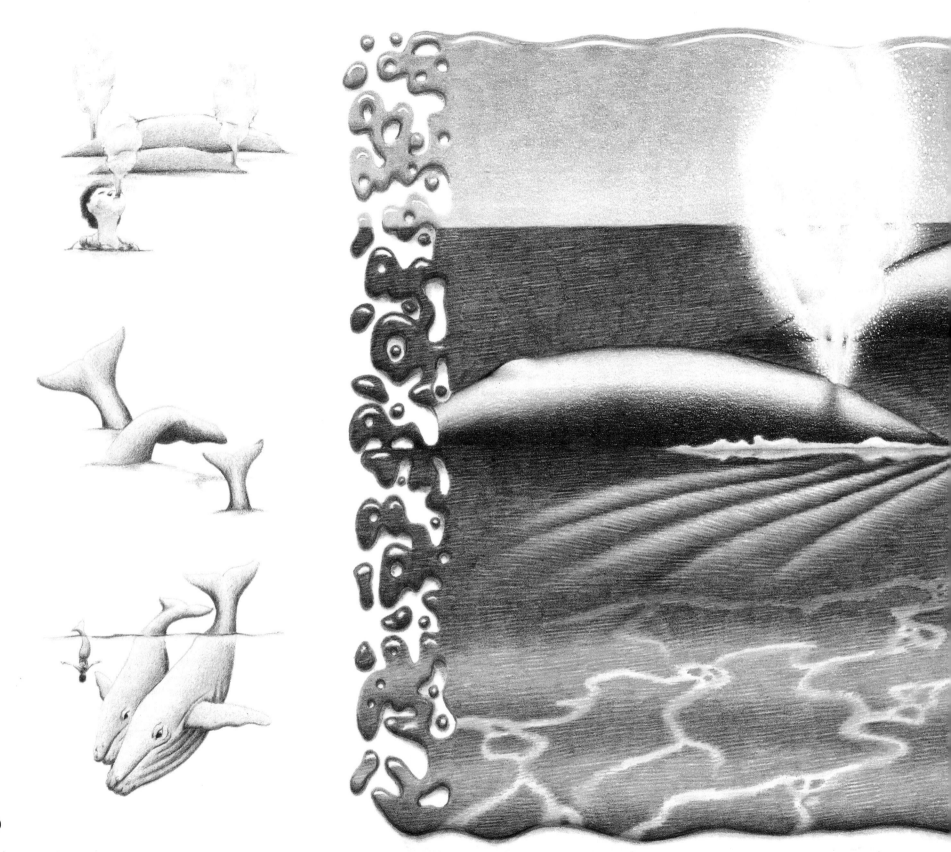

20

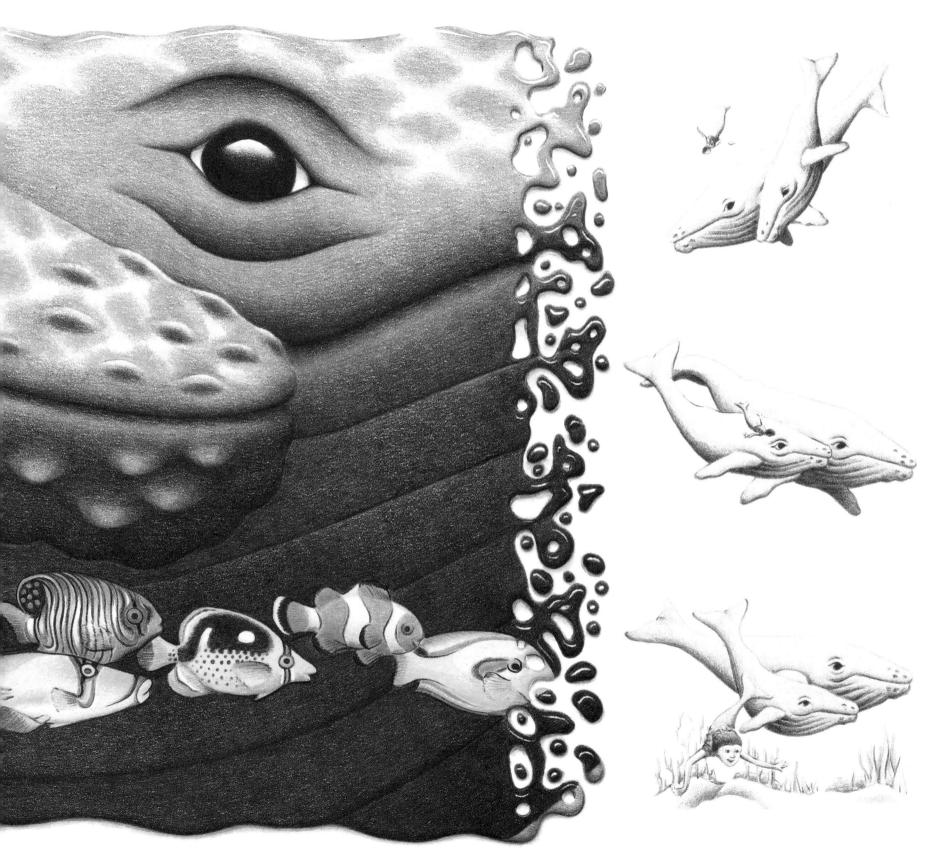

23

25

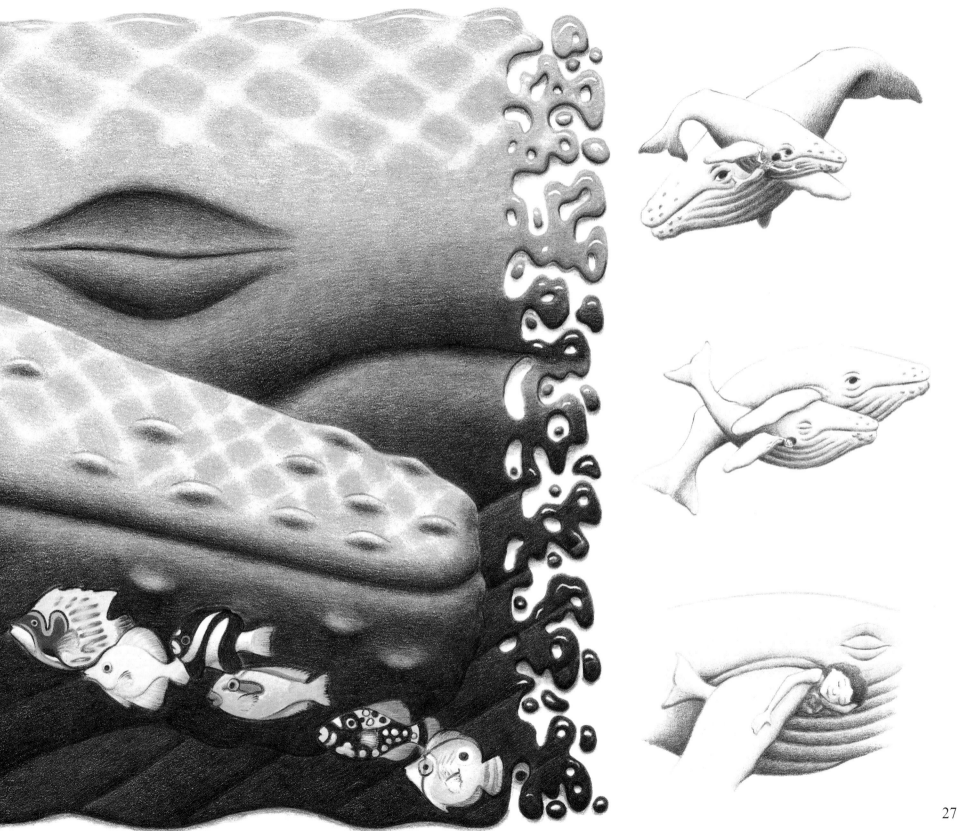

Wordless picture books and picture books with limited words are both beautiful *and* educational. They help children develop language, creative thinking and enhance future reading and writing skills. Using wordless picture books, children learn that reading follows a left-to-right pattern. They learn that stories generally have a beginning, a middle section and an ending. They also learn to identify details, see cause and effect, make judgements and draw conclusions. All this from a book with few, if any, words!

Notes For Using *Ocean Whisper / Susurro del océano*

1. Slowly page through *Ocean Whisper / Susurro del océano* having the child tell you what they think is going on in each large, colored picture. Take your time and allow the child to notice details along the way. This builds vocabulary, comprehension, communication skills, and sparks creativity and imagination.

2. Read the author's poem, *Ocean Whisper / Susurro del océano,* to set the mood and tone of the story. Ask your child what parts of the author's poem are shown in the pictures? What is left out? Is the author's story comparable to the one your child told? To the one you told? In what ways are they similar? How are they different?

Los libros ilustrados sin palabras o con una cantidad limitada de palabras son, al mismo tiempo, hermosos y educativos. Ayudan a los niños a desarrollar el lenguaje, a pensar creativamente y refuerzan las destrezas necesarias para aprender a leer y escribir. Al usar libros ilustrados sin palabras, los niños aprenden que la lectura sigue un patrón de izquierda a derecha. Aprenden que los cuentos tienen un principio, una parte intermedia y un final. También aprenden a identificar detalles, causas y efectos, hacer juicios y sacar conclusiones. ¡Y todo esto con un libro con pocas o ningunas palabras!

Notas para utilizar *Ocean Whisper / Susurro del océano*

1. Hojee lentamente *Ocean Whisper/Susurro del océano* y dígale al niño que piense en lo que sucede en cada una de las ilustraciones a color. Tómese su tiempo y permítale al niño fijarse en los detalles. Esto contribuye a desarrollar el vocabulario, la comprensión, las habilidades comunicativas, la creatividad y la imaginación.

2. Lea el poema *Ocean Whisper/Susurro del océano*, para establecer el ambiente y el tono del cuento. Pregúntele al niño qué partes del poema se muestran en las ilustraciones. ¿Qué no se muestra? ¿Se parece la historia del autor a la que contó su hijo? ¿Y a la que usted contó? ¿En qué se parecen? ¿En qué difieren?